註東坡先生詩

卷十二

時頊肝全何識之足中

唐宋元明本未完到商邱又

到長安青山外樹雲邊月崖

處端宜鈇處看奉誠池館年梅花看到

子孫能幾家詩境重開天一閣万條書冊

長新芽戊戌七月鉛山蔣士銓題

記曆敗蒲翻覆試尋看武陵洞口寫桃花肖向江頭認釣

收玉堂香一炷与君恩々倦黃茅

予所藏蘇書天際烏雲帖昨寄蘇山翁

于揚州君在揚示之是也將乞詩勒帖尾以

道光己亥年十月孝感喬用遷

韓城王篤同觀於寶琴齋

藕詩

七

次以飯錦消

文

十八官漢猺

舊凋零盡新交得佳人文章諧律呂議

立精神甚歡邀聯騎無如困負薪蘭亭脩

禊近為記永和春

右放翁簡傅漢孺詩錄于蘇詩施顧注本　方綱并次韻

作序六年後儀書楷人家藏借題跋謝叟有精神

幾春從留壽千秋大繼薪想陪追禊詠及共戊辰春

放翁此序作於嘉泰二年壬戌而贈傅詩在嘉定元年戊辰也放翁

又嘗為漢孺跋其家所藏謝師厚手迹故及之

道光十六年夏六月立秋後三日平定張瀛暹石州氏敬觀

余以彙萃蘇文忠詩王施查三本注而訂其舛訛刪其重複因借翁覃溪閣學所得不全宋刊施顧注原本校對乃知邵青門刪補之本全失施顧真面目其中訛謬最甚者已詳見余合注本而施氏原注之重複太甚間有舛訛亦不能無小疵傅氏措注固精詳訛寫頗不乏甚矣注書難刊書亦豈易易哉披覽是編益不敢自信矣庚戌春正桐鄉馮應榴題

道光庚寅花朝後五日荷屋方伯招集聽雨樓觀宋槧蘇詩施顧注同觀者方伯喆弟樸園宮曹南海葉夢龍夢草番禺張維屏南海葉應陽應新摩抄古香幸增眼福 維屏識

昔乾隆間馮星實先生輯蘇詩注曾訪于余是本此本二十年矣嘉慶間余購得宋畫冊內有團扇一幅南宋畫院畫風水之景岸樹枝皆右偃水中一舟右行帆甚飽滿扇背須有宋高宗題蘇詩二句云平生睡足連江雨盡日舟行擘岸風今施注本作舟横且引葉子詩與畫之意題句皆不合況此詩無一句有送客今朝西北風之句是横字大錯注時已於思陵此字當是不誤之本附識於馮跋之後

此本在馮跋後此者也蘇齋馮本所誤

註東坡先生詩卷第十二

吳興施氏

吳郡顧氏

詩四十首 起留京師盡守彭城

送范景仁游洛中

范景仁名鎮成都華陽人年十八爲薛簡肅公奎所知自益州還朝載以俱或問入蜀何所得曰得一偉人當以文[illegible]舉進士禮部奏名第一[illegible]擢知諫院[illegible]天性[illegible]事有[illegible]爲激[illegible]公

仁五本有維謂示

仁書天下事有大於此老手之蹟至十九遍髮為白

帝曰卿言是也當更俟三二年景仁卒韓言職三入翰林

為學士知通進銀臺司王介甫得政改常平為青苗景二

極言其不可韓魏公論新法送條例司疏駁李公擇乞罷

青苗錢令分析司馬温公辭副樞詔許之景仁皆封還舉

東坡為諫官不行薦孔經父制科以對策切直報罷皆力

爭之不聽即上言臣言不行無顏立於朝請謝事最後指

陳介甫用喜怒為賞罰以陛下有納諫之資大臣進拒

諫之計陛下有愛民之性
大臣用殘民之術介甫大愁
持其疏至手顫自草制極詆
之浚以本官致仕恩典悉不
與公表謝曰願陛下集羣
議為耳目以除壅蔽之姦任
老成為腹心以養和平之福
天下聞而壯之時年六十三
爾故詩云小人真闇事閑退
豈公難道夫吾何病言深聽
者寒久之歸蜀與親舊鐏飲
眷年而後還故有去年行萬
里蜀路走千盤之句是時東
坡館於京師門外景仁園中
之旨[illegible]得潛客自之句哲
不[illegible]端明殿學

言何[illegible]記
四四大故天下夫一而一不容何病不
淺懸九自守戰國策馮忌見趙王曰服子曰客交淺而
言也也宮〻不然言淺而言深是忠人人不可深談則天下不傳而三公
也不得憂時雖蚤白位世有還丹隱丹經有大小還丹
靈全沈山人詩合九轉大還丹莫得酒相逢樂無心所遇
安去年行萬里蜀路走千盤投老身彌健
後漢仇覽傳守寡養孤苦身投老登山意未闌楚辭九辯登山臨水
送歸將西游為櫻筍秦中歲時記唐有櫻筍廚白樂天歌馬吟絲臆

家園須速去櫻桃欲熟筍應生東道畫鵷鸞左傳僖公三十年舍鄭以為東道主行李之往来文選詩甬道入鵷鸞劉禹錫洛下拜表詩雲路鵷鸞想退朝杖屨携兒去韓文公孔戣墓志可杖屨来往世說陳太丘詣荀朗陵貧儉無僕役乃使元方將車季方持杖從後園真借客看折花斑竹寺弄水石樓灘聲鳥裏憐白白樂天不能忘情吟亭[illegible]去[illegible]左又病風乃錄家事會經費有貽書皆在長物中將鸞之鶩西京[illegible]向[illegible]韓退之題名云元和平[illegible]一月二十六日與樊宗師[illegible]以[illegible]詔[illegible]至龍潭下集古跋尾天封、石

語笑……裁

雖能排斡 過……意

……正……東坡云歐陽永叔嘗……洞府……嵩山日暮於絕壁

上一諸子……於六……祠清之洞明日事具青瑣高議而小異松蓋偃

天壇九域志洛陽有天壇山試與劉夫子重尋清長

官東坡云劉几言曾見人嵩山幽絕處眼先生猶意其為靖長官也送喬仝詩引云靖長官唐末五代人得道不死

次韻景仁留別

公老我亦衰文選嵇叔夜養生論從衰得白從白得老相見[illegible]

不轂臨行一杯酒文選沈休文別范安成詩及爾名衰暮非復別離時勿言一杯酒明日難重持此意重山嶽又選陸機讓內史表施重山嶽義足灰沒歌詞白紵清樂府解題白紵歌白紵吳地所出白紵舞本吳舞也梁武帝令沈約改其詞為四時節琴奏黃鐘濁周禮凡樂黃鐘為宮鄭氏云凡五聲宮之所生濁者為名詩新盼難和飲步

信[illegible]參兵以選有力誰如犖唐選舉志凡選[illegible]野[illegible]崔湜為吏部侍郎有[illegible]加貲來湜曰可不選

作

一角雄陶游

百谿唐傳呂安服康
尚致每一想思十里

公來從髮一握蔡傳蔡邕見
三國志魏王

而音之間蔡在門倒屣迎之史記魯世家
周公戒其子伯禽曰我於天下亦不賤矣
然一沐三握髮一飯三吐哺
以待士猶恐失天下之賢人

書韓幹牧馬圖

南山之下汧渭之間史記秦始皇紀非子
好馬周孝王召使主
馬于汧
渭之間想見開元天寶年八坊分屯隘秦

川四十萬疋如雲煙唐兵志唐初得突厥馬二千匹又得隋馬三千於赤岸澤徙之隴右監牧之制始於此用張萬歲領羣牧自貞觀麟德四十年間馬七十六萬六千置八坊岐豳涇寧間地廣千里自萬歲失職馬政頗廢開元初國馬益耗及王毛仲領內外閑廐馬稍稍復始二十四萬至十三年及四十三萬食貨志八坊在岐豳涇寧間一曰保樂二曰甘露三曰南普四曰北普五曰岐陽六曰[illegible]宜祿八曰安定王毛仲傳從帝[illegible]數萬匹從[illegible]色隊相間如錦繡[illegible]監牧碑骨殊[illegible]雲杜甫天

[illegible]驥騮騄

無

名曰

畀聞實卓以友擾謂

十 馬之卜者□獲形鳳□兎脛□膺馬 奇逸德

陸饕頑碧眼胡兒手□人鮮歲騎前驅供帝

閑 周禮校人掌王馬之政天子十有二閑馬六種邦國六閑馬四種家四閑馬二

種 柘袍臨池侍三千 六典自隋文帝服柘黃袍巾帶聽朝遂以

為常白樂天長恨歌後宮佳麗三千人 紅粧照旰光流淵 文選

古詩娥娥紅粉粧 樓下玉蟜□吐清寒往来麈□生

飛湍杜子美曹將軍馬圖引霸蹄蹙踏長楸間衆工舐筆衣本

鈆莊子田子方篇宋元君將畫圖衆史皆至舐筆和墨在外者半先生曾

霸弟子韓杜子美贈將軍曹霸丹青引弟子韓幹早入室亦能畫馬窮殊

相幹惟畫肉不畫骨忍使驊騮氣凋喪一厩馬多肉尻脽圓漢東

方朔傳結股脚連脽尻肉中畫骨誇尤難金羈玉勒

選詩黃文鞭箠刻烙傷天全

完之剔之刻之丹棧馬之死者之

穀傳曰不行及王良執轡

馳騁忽如景靡周流六其遠人馬相得也左傳公

十三年士會行縛朝之以策馬過也盧仝詩無心飛上天何必

昔服短轅漢賈誼傳騏驥垂兩耳服鹽車兮漢灌夫傳爲促列轅下駒晉王

尊傳短轅犢車

送曾元翰少卿知衛州

東坡自敘移守河中至京師改徐州是時有旨不許入國

門寓城外范蜀公園故葺台

云冗士無處着寄自范公園

魯元翰名有開乃肅簡公之

姪自知南康代還王介甫問

江南如何元翰對新法當為

異日患介甫怒坐得倅杭東

坡亦爲杭倅與魯同官魯先

代去第七卷有壽星寺餞魯

少卿詩即元翰也[illegible]詩云

疊仁人言指向

又云憶在

是[illegible]同官時

共呼榆枋村鬍鬚
到門我不往拜之論語陽貨子時其亡也往拜
鬍來意彌彰蜀關羽傳猶未若髯之絕倫逸羣也文選謝靈運彭蠡詩依〃念彌敦
堂堂元老後漢蕭望之傳堂堂折而不撓晉魏舒傳堂堂堂人之領袖毛詩方叔元老
亹亹仁人言晉謝安傳弱冠詣王濛清
日此客亹亹為来逼人阮脩傳王敦有下衍日阮宣子可以言但未知其亹亹處定

如何耳左傳昭公三年君子曰仁人之言其利博哉憶在錢塘日好均弟昆爾雅昆兄也時於冰雪中笑語作春溫史記田敬仲完世家騶忌子曰大弦濁春溫者君也杜子美貽許少府詩柳侯披衣笑見我顏色溫欲飲徑相覓杜子美醉時歌待錢即相覓沽酒不復疑夜開叢竹軒搜[illegible]到簷[illegible]作盍[illegible]

[illegible]煙火十王碗親[illegible]

[illegible]之不遲[illegible]侯[illegible]也[illegible]鬢白為[illegible]上[illegible][illegible]

比垣周禮方千里曰國畿斯民多魚耳[illegible][illegible]貝者

鮫蛟千丈清不如尺水渾刑政雖首務会

當塞其源一聞襦袴音後漢廉范傳為蜀郡太守百姓歌之曰平生無襦今五袴盜賊安足論

次韻子由送蔣夔赴代州學官

功利爭先變法初史記商君傳利不百不變法功不十不易器文選鮑明遠詩爭先萬里途典刑獨守去成蹤毛詩雖無老成人尚有典刑窮人未信詩能爾歐陽文忠公梅聖俞詩集序云非詩能窮人殆窮者而後工也倚市繇知繡不如史記貨殖傳用貧求富農不如工工不如商刺繡文不如倚市門此言末業貧者之[illegible][illegible]北循

山[illegible]黨之[illegible]叔音[illegible]為

吾何

[illegible]

倍

白海[illegible]人嶂卒 為[illegible]伯府[illegible]忌薦

為經義[illegible]檢討[illegible]博士 報罷後知處霈貞[illegible]四州除

職方郎中卒

我欲歸休瑟漸希舞雩何日著春衣 論語 點爾

何如鼓瑟希鏗爾舍瑟而作曰暮春者 春服既成浴乎沂風乎舞雩詠而歸

情白髮三千丈 李白秋浦歌白髮三 千丈緣愁似箇長 撫屏

蒼皮四十圍杜子美古栢行霜皮溜雨四十圍黛色參天二千尺

覺文章眞小伎杜子美貽柳少府詩文章一小伎於道未為尊

知富貴有危機晉諸葛長民詩嘗歎曰貧賤常思富貴富貴必履危機

為君垂涕君知否千古華亭鶴自飛東坡

云涇之兄汴亦有文死矣晉陸臨死歎曰華亭鶴唳豈復聞

山谷

福青兵山

出生

示上

[illegible]
[illegible]下
鼎[illegible]又云
宋[illegible]江頭前塵
上今郡[illegible]可[illegible]城十
滿城欲往城南忘城北際天款棄青成[illegible]天柳上淥汁
旱詩故國千里無山河麥芒際天搖青波饑火燒腸作牛吼不
知荷得秋成否莊子庚桑楚若氣蒸而百草生正得秋而萬寶成杜
牧之雲溪館詩萬家相慶喜秋成半年不雨坐龍慵共怨
天公不怨龍今朝一雨聊自贖[illegible]李邕傳書戊邊白

贖
龍神社鬼各言功龍神見法華經漢王莽傳注鬼記之漢書
何傳漢五年論功行封羣臣爭功歲餘不決無功日盜太倉穀
毛詩伐檀在位貪鄙無功而受祿韓退之盤谷子詩家請官供不報答無異者鼠偷
太倉嗟我與龍同此責蕭嵩使者不汝容因
君作詩先自劾漢孫寶傳張忠[illegible]為屬欲令授子經寶公[illegible]
其詩[illegible]和[illegible]所[illegible]士[illegible]許懷熊不[illegible]大臣
不[illegible]以八

十八　　佑

陽關一　宋　　城文朝雨

裛輕塵客舍青青柳色新勸更盡一杯酒西出陽關無故人　去膠西

不解歌

春步西園見寄

歲歲閑園成故事年年行樂不辜春　漢楊惲

人生行樂耳　今年太守尤難繼慈愛聰明惠和

人

漢馮野王傳爲上郡太守吏民嘉美野立相代治行略與野王相似吏民歌之曰大馮君小馮君兄弟繼踵相因循聰明賢知惠吏民後漢蔡邕傳墨綬長吏職典理人當以惠利爲績日月爲勞

東欄棃花

棃花淡白柳深青柳絮飛時花[illegible]文 劉禹錫叅

姝行長[illegible]二[illegible]段[illegible]一 月花[illegible]

永明……生

以舁□見……南……謝莊江淹淹泊季……缺者

制作見偽對顛切而嗌有蜂鶴膝之病詩有重頭疊尾之狍之虫**秋蚰**

病子雲晉王羲之傳蕭子雲近出擅名江表然僅得成書無丈夫之氣行行若縈春蚓字字如綰秋蛇**醉裏自書醒自笑**唐文宗時詔以李白歌詩裴旻劍舞張旭草書為三絕旭每醉或以頭濡墨而書既醒自視以為神不可復得也李白傳附**如今二絕更逢君**南史顧野王傳宣城王為

揚州刺史野王及王褒並為賓客王於東府起齋令野王畫古賢王褒書贊時稱[illegible]

二絕杜子美詩落花時節又逢君

後堂白牡丹

城西千葉豈不好笑舞春風醉臉丹何似

後堂冰玉潔 漢張禹傳戴崇每候禹必入後堂飲食婦女[illegible]絃[illegible]

樂 游[illegible] [illegible] 肯[illegible] 不[illegible]衛玠

侍[illegible]干[illegible] [illegible]相

[illegible]云[illegible]詩

多城
自事見第
螅司
詩言徐
女日既
节念卷

既張既後嫁　舊愛而
簾那復似揚州杜牧之贈別十里揚州路卷上珠總不如
西行未必能勝此空唱崔徽上白樓張君房麗
情集元微之崔徽傳云蒲女也裴敬中使
蒲徽一見動情不能忍敬中從回徽以不
得從為恨久之成疾寫眞以寄裴且曰崔
徽一旦不及卷中人矣微之為作崔徽歌
世有伊州曲蓋采其歌成之也歐陽文忠
公集古跋尾云登白樓賦令狐楚撰在河

中三國志魏呂布傳魏太祖圍沛布登白門樓圍急乃下降酈道元水經註南門謂之白門

我擊藤床君唱歌明年六十奈君何李太白青山獨酌詩玳瑁筵中懷裏醉芙蓉帳底奈君何東坡云趙每醉歌畢輒曰明年六十矣

醉顛只要裝風景莫向人前自洗磨

同游一日沙洪相

倉右古

枕上所

制後

果泗決

上轉河決

二言到　卷九

翻雪白字行　絲　小有絲絡頭為君　子　馬行

考蹙踏飛波柳陰下杜子美畫馬引霜蹄蹙踏長楸間奮

身二丈兩蹄間世說劉備屯樊城劉表因會取備備潛遁所乘馬

名的盧走墮檀谿中溺不得出備急曰的盧今日死矣可以努力乃一踊三丈振

鬣長鳴身自乾戰國策楚客謂春申君曰騏驥遇伯樂俯而噴仰而

鳴以伯樂之知己也今君獨無意使僕長鳴乎少年狂興久已謝

但憶嘉陵遶劍關漢地理志武都郡嘉陵道九域志嘉陵江在界州一說出大散關南行劍門關東向閬中與涪水會劍關大道車方軌戰國策蘇秦說齊宣王曰元父之險車不得方軌馬不得並行君自不去歸何難山中故人應大笑李太白別兒童詩仰天大笑出門去藥[illegible]杖何時還

死而

卒熙源巨原

爲女肯畾六諸公

問女又東出的得增無易邦且曰酒

於是首肯平以歸之故此感

詩有八夢還鄉之戲東坡

又為長短句云誰教幽夢長

插他花亦此意也表兄錢塘

強行父幼安云得其事於闌

須子開宿按後卷有送邦[illegible]

赴史館燕寄孫巨源詩末章

云憑君說向髯將軍衰鬢相

逢應不識邦直以熙寧十年

八月除國史院編修官十二

月東坡於徐州臺頭寺送邦
直時巨源為知制誥後一歲
當元豐元年十一月為翰林
學士二年五月始卒東坡
守湖州則闕子開之說有不
然者味東坡詞語邦直當有
此夢恐巨源女是
時或已歸邦直矣
騶騎傳呼出[illegible]坊 漢東方朔傳給騶侏儒顏師古曰騶奉廐之御
[illegible]以[illegible]騎[illegible]騶[illegible]漢蕭望之傳什翁 入從[illegible]東[illegible]能宿溫[illegible]傳伺
憂女[illegible]女入充堂[illegible]送
[illegible]紛[illegible]宇渭汝

……不……倡憂……字詩

日……帝辛詞士……合是組……

……臨……行九堪笑丁步空

餘僕……退之贈張僕射詩汴泗交……城角斷腸不步平如削

與梁先舒煥泛舟得臨釀字二首

彭城古戰國孤客勸登臨楚辭宋玉九辯登山臨水兮送將歸杜子美秦州詩登臨未消憂

汴泗交流處韓退之詩見前篇

清潭百丈深李太白贈楚司馬詩百尺清潭瀉翠娥故人輕

千里晉嵇康傳呂安服其高致每一相思千里命駕足蠶來相尋

戰國策蘇秦足重蠶曰百舍而造外關顒見於前口道天下之事何以操

佳客文選陸士衡詩俯覿嘉客潭求洗君心李太白詩君思潁水

淥忽復歸嵩岑歸時莫[illegible]此[illegible]為氏洗君心

安[illegible]獻[illegible]書漢賈誼傳大臣特以簿書不報期會之間以為大故先

[illegible]式禮[illegible][illegible]鄭[illegible]氏[illegible]飲云[illegible]食[illegible]文[illegible]客講則問市[illegible]帝[illegible]帝客[illegible]問[illegible]

傳[illegible]下[illegible][illegible]談笑[illegible]

衣子曰在日熱卧南城之上推

兵呂東坡詩案云李清臣弟轍詩二首批云可求子

臣和軾却作詩二首和李清臣其內一首首句云五斗塵

勞尚足留集中失載此詩附于後又云軾又用弟轍韻

與李清臣六首蓋東坡次韻通為八首集中止有四首小

小詩案一首猶逸其三也

簿書顛倒夢魂間毛詩東方未明顛倒衣裳知我踈慵

肯見原閑作閑門僧舍冷韋應物郡齋詩唯我出塵意賞
愛似僧家病閒吹枕海濤喧忘懷杯酒逢人共
白樂天閑遊即事詩逢人共杯酒引睡文書信手翻白樂天隱
几詩書將引昏睡又晚庭酒詩引睡臥看書欲吐狂言喙三尺
莊子徐無鬼令文[illegible]丘願有喙三尺馬異蒼盧君俛首大難阻喙長三尺不
[illegible]六[illegible]參[illegible]銓載陸餘慶為洛州判六時嘲之詠事
眞成却須吞[illegible]坡[illegible]旨

始諸將非不繼 工底民者也

二、無咎古不憂天知醉呼妙舞留連

衣文選謝希逸月賦收妙舞馳清縣杜子美詩留連日夜舞又詩妙舞逶迤夜未

休𡿨注云邦直家中舞者甚多閑作清詩斷送秋韓退詩斷送

一生惟有酒杜子美詩清詩句句盡堪傳蕭灑使君殊不俗文選

孔稚圭北山移文蕭灑出塵之想樽前容我攬鬚否晉桓伊傳

對孝武撫箏而歌怨詩時謝安捋其鬚曰使君於此不九

差第東來殊寂寞楚辭劉向九歎幽空虛以寂寞故人留

飲尉酸寒韓退之詩酸寒溧陽尉草荒城角開新徑

雨入河洪失舊灘車馬追陪迹未掃後漢杜密

傳劉勝白蜀郡告歸鄉里閉門掃軌無所干[illegible]詩云軌車迹也杜子美贈李白詩

林如[illegible]旨[illegible]州[illegible]社[illegible][illegible]字應漫後漢禰衡傳初達潁川陰懷一刺既

適至[illegible]詩更欲憑君改待與江南最聞劉荊州[illegible]自作何以示禰正[illegible]

絲[illegible]

屢右嵇宅[illegible]一石二四頓戶

魏陳登字元元龍許汜曰吾見元龍久不稱

無與
何[illegible]使客臥下床備曰君言
上若語如小人欲臥百尺

樓上[illegible]君於地何
但上下床之間耶
聞道鵷鴻滿臺閣
劉
錫和

蘇十郎中詩左
掖鵷鸞到室亡
網羅應不到沙鷗
後漢儒
林傳綱

羅遺逸博
存衆家

五斗塵勞尚足留
南史陶潛傳潛為彭澤
令郡遣督郵至縣吏白

潛東帶見之潛歎曰我不能為五斗米折
腰向鄉里小兒即日解印綬去王仲宣
曰曾何足以少留閉門却欲治幽憂文中子或問劉靈何人也
曰古之閉關人也韓退之贈王川子詩閉門不出動一紀莊子雜篇子州支父曰我
適有幽憂之病乃且治之差為毛遂囊中穎史記平原君列傳
圍邯[illegible]平[illegible]故合從於楚取於門下客得十[illegible]者自贊備貟曰使遂得
之上[illegible]、地下游漢朱雲傳臣願賜尚方斬
誰曰安昌侯張禹殿[illegible]溢折雲
呼、

府一

說寿浃赴洛
命唐韓偓詩云曲

作記
鷗蓋取杜子美詩香
推子浴清江意又

子美
浴自川

司馬君實獨樂園

司馬文正公字君實其先河
內人後家陝州夏縣涑水鄉
中進士甲科仁宗擢知諫
院始發大議乞立宗子為後
韓忠獻因其言遂定大計事
英宗　神宗為翰林學士御

史中丞王介甫為相始行青
苗助役農田水利謂之新法
首言其害以身爭之當時士
大夫不附介甫言新法不便
者皆倚以為重拜樞密副使
以言不行不受命除端明殿
學士知永興軍力丐歸以為
留司御史臺提舉崇福宮閒
居十有五年自號迂叟當熙
寧之四年始家於洛六年買
田二十畝於尊賢坊北闢以
為園命之曰獨樂然園畀小
與園班其曰讀書堂
他[illegible][illegible]尤小臺

全帝以記語下乃
尤事竟亦治通[illegible]成加資政
殿學士哲宗即位宣仁爲聽入臨京師民擁其馬至
不得行民遮道呼曰公無歸洛留相天子活百姓衛士
見公皆以手加額遂起爲門下侍郎拜左僕射爲政一年
疾病卒之而設施注措凜凜手嚮至治矣元祐元年薨于
位年六十八贈太師溫國公

青山在屋上流水在屋下楚辭屈原九歌。鳥次兮屋上水周弓堂下孟浩然符公蘭若詩綠篠夾路傍清泉流會下柳子厚盩厔縣食堂記青山在前流水在下可以俯仰可以燕樂中有五畝園花竹秀而野花香韻杖屨韓退之孔戣墓誌可杖屨來往竹色侵盞斝杜子美新竹詩色侵書帙晚樽酒樂餘春碁局消長日蚤衲教人令抵相進李遠為杭州宣宗曰聞李遠詩云長日唯消一局碁垂眩邵杜牧之送國碁王逢詩得年七十更萬日與子期於局上消洛陽古夕蕭無林爾老住臥不出冠興戲樂中

才
全而形者癸先生
獨行　王陶　何巴冶　光童寓□
實今　癸司馬　張□瀧水燕談云司馬文正公以高才全德大得中
外之望士大夫識與不識稱之曰君實下至閭閻畎畝匹夫匹婦莫不能道司馬公
之退□餘年而天下之人日冀其復用於朝　持此欲安歸　前漢蒯通
傳足下欲持是安歸乎三國志魏鍾會傳謂所親曰我淮南已來畫無遺策四海共
知持此安歸　造物不我捨名聲逐吾輩　後漢法眞傳友
人郭正稱之曰逃名而名我隨避名而名我追可謂百世之師矣　此病天

咏赭撫掌笑先生年來效喑啞舊唐書宗紀一歲

再紱善人喑啞

送顏復兼寄王鞏

顏復字長道魯人父名太初字醇之先師兖公之四十七世孫號鳬繹先生東坡為敘其文有古中詔遺逸京東以道德詔試者二十二人歐為第一賜進士出身

[illegible]子[illegible]講王甫李意使常

秀優秀道是

休三[illegible]

川酒
滋準
從之故
詩云事新坡文
又竹王、國肇八京
師牛而張安道居南京定
國與東坡約先過安道而以
重陽詔公於修故屬長道拉
與俟來然定國過南京竟以
事不至有詩送梁交寄坡坊
和答有化枝不共秋歌帽筆
陣空來夜斫營之句在十三
卷後一歲始赴重陽之約有
九日次韻王鞏詩又與長道
定國同泛舟詩倡酬見十五
卷長道至元祐初入為太常
博士寢遷二史經筵西掖以

病改待制未拜而卒子岐建
炎中為門下侍郎定國本未
見十五卷荅
王鞏詩註
彭城官居冷如水白樂天司馬廳詩官曹冷似氷誰從我
游潁氏子漢高帝紀十一年詔曰有肯從我游者吾能尊顯之繫辭顏氏
之子其殆庶幾乎我衰且病君亦窮衰窮相守正
其江湖為一壑捨去韓退之贈張籍詩子又居我去我懷
焉所
絲行
文心白聚吾人洪虎襟纔
三無爲
音

廿……牛行

村宅初作一首 華居……文……公 居行街大徐

慶曆總爲……孟子……夜扎人之門戶文記 范……傳天下之事皆決於相君務嚴經若

諸衆生愛談名言清淨自居我 於彼前現居士身而為說法 清詩草聖

俱入妙 杜子美詩清詩句句盡堪傳 晉衛 帖傳張伯英許草書韋仲將謂之 草聖法書苑衛瓘鍾 繇等章草入妙品 別後寄我書連紙苦

恨相思不相見 古樂府道遠不可思宿昔 夢見之他鄉各異縣展轉 不相 見

約我重陽喚霜藥君歸可喚與俱來

史記范雎傳鄭安平言於王稽曰臣里中有張祿先生欲見君言天下事其人有仇不敢晝見王稽曰夜與俱來三國志蜀諸葛亮傳徐庶謂先主曰孔明臥龍也將軍願見之乎先主曰君與俱來

未應指目妨進擬

漢陳勝傳旦日卒中往往皆目勝廣舊唐書李玨傳文宗語玨曰竇易直勸我凡宰相進擬五取三三取一

太一老仙閑不出

東坡云張安道為中太一宮使華安道月也李□數之與而傳唐書仕時出輒

踵門問道今時矣

踵休也

達憂

篇

因紅通

襄公十

臧孫讀

尊

行

黃雞啄蝎如啄黍李白詩黃雞啄黍秋正肥應閒守宮

稱蝎虎閣中繳尾伺飛蟲巧捷功夫在腰

膂文選曹子建樂府連翩擊鞠壤巧捷惟萬端跂跂脉脉善緣

壁陋質從來誰比數杜子美秋雨歎長安布衣誰比數今

年歲旱號蜴蜥狂走兒童鬧歌舞能銜渠

水作氷雹便向蛟龍覔雲雨三國志吳周魴傳上疏云

劉備關張俱在彊埸恐蛟龍得雲雨非池中物也

守宫努力搏蒼蠅明年歲旱當求汝

漢東方朔傳上嘗使諸數家射覆置守宫盂下射之皆不能中朔曰臣以爲龍又無角謂之爲蛇又有足跂跂脉脉善緣壁是非守宫即蜴蜥段公路北户雜録蝘蜓以器養之食以丹砂體盡赤擣之以點女人支體終身不滅婬則點落故號守宫顏師古註漢書亦云揚雄方言在澤中者謂之蜴[illegible]文公苑無庫言昔游開中佛寺民[illegible]沙門有善月法日[illegible]得[illegible]蜥

[illegible]以樹[illegible]捕蜴[illegible]數人持

[illegible]雨今霊[illegible]霊

迎[illegible]門雨用[illegible]心張師正

[illegible]府準[illegible]劊

由將赴南
宿於逍遙
堂作兩絕句讀之殊不可為懷因
和其詩以自解余觀子由自少曠
達天資近道又得至人養生長年
之訣而余亦竊聞其一二以為今
者宦游相別之日淺而異時退休
相從之日長既以自解且以慰子

由云

子由逍遙堂會宿二首并引

云轍幼從子瞻讀書未嘗一
日相舍既壯將遊宦四方讀
韋蘇州詩至那知風雨夜復
此對床眠惻然感之乃相約
早退為閑居之樂故子瞻始
為鳳翔幕府留詩為別曰夜
雨何時聽蕭瑟其後子瞻通
守餘杭復移守膠西而轍滯
留於淮陽濟[illegible]見者[illegible]年
熙寧十[illegible]會於澶
[illegible]日
[illegible]前約為
[illegible]後千詩
[illegible]誤[illegible]對

門不風

劉少七詩雨

不甚解序

筆無從鳴一彡膨不相逢不相識二十七通結曲何處諸浪垂釣

翁鼓枻角歌趣非一相逢不相識出沒續通塘形容變盡語音存

戰國策趙襄子以知伯頭為飲器豫讓曰

吾其報知氏之讎乎乃漆身為厲滅須去

眉自刑以變其容為乞人而往乞其妻不

識曰狀貌不似吾夫其音何類吾夫之甚

也又吞炭為啞變其音後漢夏馥傳黨錮

事起馥自翦須變形隱匿姓名為冶家傭

形貌毀瘁人無知者弟靜遇馥

不識聞其言聲乃覺而拜之

但令朱雀長金花陰眞君金液還丹歌以方正氣為河車東方甲乙成丹砂兩情含養歸一體朱雀調護生金花注云朱雀火也龍虎二氣和合入爐以運晝夜陰陽各六時天地文理候火養之生金花亦曰三毒丹砂也見脩眞祕訣

此別還同一轉車五百年間誰復在曾看

銅狄兩咨嗟後漢薊子訓傳人於長安東霸城見之與一老翁共摩挲銅人相謂曰適見鑄此已近五百歲矣水經魏明帝徙長安金狄重不可致留

枯枝

縷鶴骨高

窈窕山開（文選王文考魯靈光殿賦旋室㛹娟以窈窕）潛通洑

澗清（杜子美秦州雜詩萬古仇池穴潛通小有天）欲知深幾許

聽轉轆轤聲（鄭愚津陽門詩注石甕寺飛泉樓中轆轤斜絙長二百尺以引甕泉）

過雲龍山人張天驥

邳原雨初足風日清且好病守亦欣然（莊子）

秋水篇河伯欣欣然自喜　肩輿白門道　白樂天游玉泉詩肩輿半日程

後漢呂布傳與麾下登白門樓宋北征記下邳城有三重白門大城之門呂布所守也酈道元水經註云南門謂之白門　荒田咽蛩蚓村巷懸黎

簷下有幽人居　周易幽人貞吉文選顏延年詩爲同幽人居郊扉常晝閉

閑門[illegible]空雀噪西風高正麗落葉紛可掃

孤童卧[illegible]日病馬放秋草盡生通有無　尚書

三國志周[illegible]　文[illegible]先堂[illegible]　墻

寄

亭

也生無……飲
斯之謂孝歟……隴
謂父曰……漢高祖紀母媼……及
漢書注……溫為媼……師古曰媼女老稱也

饑寒天隨子杞菊自擷芼唐文粹陸龜蒙
杞菊賦序天隨
子宅荒前後皆樹以杞菊春苗恣肥得以
采擷唐陸龜蒙傳時謂江湖散人或號天
隨子○詩采采芣苢薄言
擷之參差荇菜左右芼之慈孝董邵南雞
狗相乳抱韓退之董生行董生召南隱居
孝且慈生祥下瑞無時期家有
狗乳出求食雞來哺其兒徬徨
躑躅久不去以翼來覆待狗歸吾生如寄

丁（文選魏明帝樂府苦哉行人生如寄多憂何為法苑珠林支遁在剡謝安與書）

（云人生如寄耳終日戚戚遲君來以晤言消之）歸計失不蚤故

豈敢忘任恐迫華皓（明皇雜録李林甫曰食古露囊縱華皓亦）

（公黑）鬢從君好種秫（一本作朮南史陶潛傳為彭澤令在縣公田悉）

（令秫）種汁酒特自勞（漢楊惲傳田家作苦歲時伏臘烹羊炰羔斗酒）

（自勞）

王竹秦詩

[illegible]也

宅足自　繫子註論田謂三丹田也　珠

縣短褐列子力命篇北宮子衣則裋褐陋　士　雖無

孔方兄音魯褒傳作錢神論錢之為體有乾坤之象親之如兄字曰孔方

顧有法喜妻維摩經法喜以為妻慈悲以為女彈琴一長

嘯不荅阮與嵇音孫登嘗撫一弦琴見者皆親樂之文帝使阮籍往

與語不應嵇康又從之遊三年問其所圖終不荅阮籍傳嘗遇孫登與商略終古及

皆不應籍長嘯而退至半嶺聞有聲若鸞

鳳之音乃登之嘯也嵇康傳至汲郡山中

也孫登康遂從之游登沉默自守無所言
說神仙傳孫登在山間嵇叔夜詣之登不
與語叔夜知難之而登
彈琴自若康字叔夜曹南劉夫子或云謂鑿
誼恐未然名與子政齊家有爲寶書不鑄金囊
前漢楚元王傳劉向字子政本名更生淮南有枕中鴻寶苑秘書言神仙使鬼物
為金之術更生父德得其書更生幼而讀誦以為奇獻之上令典尚方鑄作事方多
不驗方一年更坐漢武帝時六合更黃金為麟趾褭而問道
及相從歌夜之初從隱

擠一舟作

篆牟祭樵經綸卅子月蝕

莫不括□奇天句句欲活讀之□□丁插長地

暖下照苦恨聞道晚莊子漁父篇湛於人偽而晚聞大道也

意象颯已淒空見孫思邈區區賦有棃舊唐書孫思邈傳庭前有病棃樹盧照鄰為之賦序思邈曰道合今古學殫數術高談正一則六之蒙莊子深入不二則今之維摩詰其推步甲乙度量乾坤則洛下閎安期生之儔也

陽關詞三首

受降城下紫髯郎漢匈奴傳令因杅將軍築受降城白樂天清虜柳歌紫髯郎將護錦纜獻帝春秋張遼問吳降人向有紫髯將軍是誰曰孫會稽見吳志孫權傳

戲馬臺前古戰場劉澄之山今記彭城有戲馬臺項羽所作蕭子顯齊書武帝宋公在彭城九日出項羽戲馬臺至承以為吉準、启文詩李華弔古戰場文浩乎平沙無垠敻不見人紛紛長告余曰此古然亡哭天陰則聞傷近代云下馬戰場貢子美

衣于 張貞謝仁
潘安 梁中詩相栢

牙于 也兵者曰牙許
西京 牙旗續詠漢項

鄉如衣
錦夜行

送賠張繼愿

濟南春好雪初晴唐地理志齊州濟南郡行到[illegible]
馬足輕使君莫忘霅溪女時作陽關[illegible]
聲劉禹錫詩唱得陽關意外聲舊人唯有米嘉榮鄉昂樂府解題許永新歌奏慢
聲喜者聞之氣勇愁者聞之腸斷

右荅李公擇李公擇先知湖州自湖移濟南東故

故以雪翁女戲之

暮雲收盡溢清寒銀漢無聲轉玉盤七

小時不識月喚作白玉盤此生此夜不長好明

何處看

右中秋月

和孔周翰二絕

再觀邸園留

时之

于應有取收

志力鄘作女廿邶鄘衛三國之詩

札聘魯聞邶鄘之歌曰美哉淵乎

視淨觀堂効韋蘇州詩

弱羽巢林作一枝柳子厚赴部詩羽上丹肩莊子

鷦鷯巢於深林不過一枝幽人蝸舍兩相宜周易貞吉之

顏延年詩同幽人居高士傳焦先作蝸牛廬呻吟其中樂天長短三

千首白樂天白氏文集記樂天有文集七帙合六十七卷凡三千四百十七首

書愛韋郎五字詩（白樂天與元微之書近歲韋蘇州五言詩高雅）
閒澹自成一家今之
秉筆者誰能及之

京師哭任遵聖

任遵聖名孜眉山人
[illegible]節推重鄉里名與
[illegible]其[illegible]皆令
元生

日厚

邏復然豈淮催老大漸復成凋喪每

亡習鑿齒有襄陽耆舊傳顧況詩行八漢江秋月襄襄陽耆舊樂人存注

聲輙放禮記孔子汝然流涕南史任昉昉卒其子流離不能自振劉孝

汝然矜之杜子美送柴十八詩汝然欲霑裳老任況奇逸後[illegible]

傳奇傳聞逸先子推悲年行左傳昭公四年氣先子之故將存吾

韓退之王公神道碑當時名公皆所官位輩行顧爲交文章得卜

詩語元清壯晉阮籍傳文帝講九錫使爲其辭籍方醉眠據坎

辭甚清已能彼所長嘆萬七八上李梁

高 咏 岳

潘 征 黃

如使游　不遂而歸　江海永作壑退封本就

相勞餉　漢楊惲傳田家作苦歲時七　伏臘烹羊炰羔斗酒自勞山社

不遂歸見壘壘荔生　文選潘安仁懷舊　壘壘以接壟栢森森

續宜望哭國西門落日銜千嶂平生唯一

抱負珠在掌杜子美寄漢中王詩掌中見一珠白樂天哭崔兒掌珠一顆兒三歲

兒之齠齔中韓詩外傳男子八月生齒八歲齔女七月生齒七歲而齔齒白樂天觀兒戲詩齠齔八九歲綺紈三四兒

有食牛量尸子虎豹之駒雖未成食牛之[illegible]杜子[illegible]

小[illegible]也

先
年齡偶文其六子廿
師中在瀘歲信七著
之歲滿當更詔留再任
增秩復留師中嘗爲祭以
息今邑人愛之爲買田
故詩云上祭有良田黃沙
清澄罷職百頃稻雍容十
儲後論黃州遷浙息又終

以示師中載十七卷以後
五見二十卷師中挽詞三
一卷闕卌
亭詩註
先君昔未仕杜門皇祐初漢司馬相如卓王孫聞之
杜門云自德無贅爲氣采照眼閭漢入
其人閒疎杜

徹

白　七洒　孩　塵入　呼衣

歡有節音陶侃飲酒有定限常歡有餘而限已竭有

公往還葛與徐妻子走堂下主人意忘許

襄陽記龐德公居峴山之南諸葛孔明至其家獨拜床下司馬德操嘗詣德公

其渡沔上先人墓德操徑入其堂呼德公妻子使速作黍徐元直向云當来就我

德公談其妻子皆羅拜於堂下奔走共
須臾德公還直入相就不知何者是客

我時年尚幼作賦慕相如漢揚雄傳先司馬相如作
弘麗溫雅雄心壯之每作賦常擬之
式杜子美詩草玄吾豈敢賦亦似相如

侍[illegible]君談清[illegible]起予漢嚴[illegible]

[illegible]歲月[illegible]

[illegible]也

[illegible]鑾唐[illegible]鑾育[illegible]

[illegible]詁漢將古[illegible]

五[illegible]也[illegible]也

前[illegible]襲冠[illegible]而[illegible]化者爲顏師古曰編讀曰辮方當

史記李斯傳上方間可奏事清廟陳璠璵毛詩於[illegible]廟[illegible]

冕將以璠璵斂逸論語璠璵魯之寶玉孔子曰美哉遠而望之煥若也近而視

騷也若胡爲厭軒冕一管之先王制軒冕以著貴賤歸意

少紓上蔡青良田黄沙走清渠罷亞百
稻杜牧之郡齋獨酌詩罷亞百頃稻西風吹半黄雍容十年儲
隨李丞相搏射鹿與豬史記李斯傳斯爲丞相下吏顧其子
曰吾欲與若復牽黄犬俱出上蔡東門逐狡兔豈可得乎蒼鷹十斤重
香[illegible]豈[illegible]躬苦[illegible]把鋤陶淵

樵漁今相從

于畬騰乙由元之詩騰晴行竹杖芒鞋

雜野情忘子瘴江邊退之湘詩知汝遠不應有意好收古骨瘴

江邊懷抱向誰攄文選謝靈運擬鄴中詩歡娛寫懷抱須我司

年友劉禹錫送張盥赴舉詩引古人以受學為同門友今人自偕升名為

年及相歡出同輿史記灌夫傳魏其灌夫得歡甚晉夏侯湛傳與

岳友姜每出同輿接茵　氷盤薦文鮪　韓退之李花詩氷盤夏薦碧實
脆周禮獻人春獻王鮪東坡云鮪䱇也戎瀘常有　玉斝傾浮蛆
劉孝標廣絶交論露玉斝之餘瀝說文斝玉爵也　醉中忽思我未
詩綴息塘　杜子美詩復憶襄陽孟浩然清詩句句盡堪傳手詩與我以木
瓜　[illegible]所[illegible]時卷[illegible]　韓退之詩簡編

[illegible]論征[illegible]予曰
四衆[illegible]括曰

[illegible]喜[illegible]用[illegible]因是[illegible]陸德明言序司馬
[illegible]名賞來膏而

云椑[illegible]也沈存中筆談作茗[illegible]云江南有小
栗謂之芧栗此正莊子所謂狙公賦芧者

命

列子作貞若
芧註云栗也

作詩謝二子我亦寧貞遂

寧武子邦有道則知邦無道則愚遂伯
邦有道則仕邦無道則可卷而懷之文

潘安仁閒居賦雖吾顏
之云厚猶內媿於寧遂

註東坡先生詩卷第十二

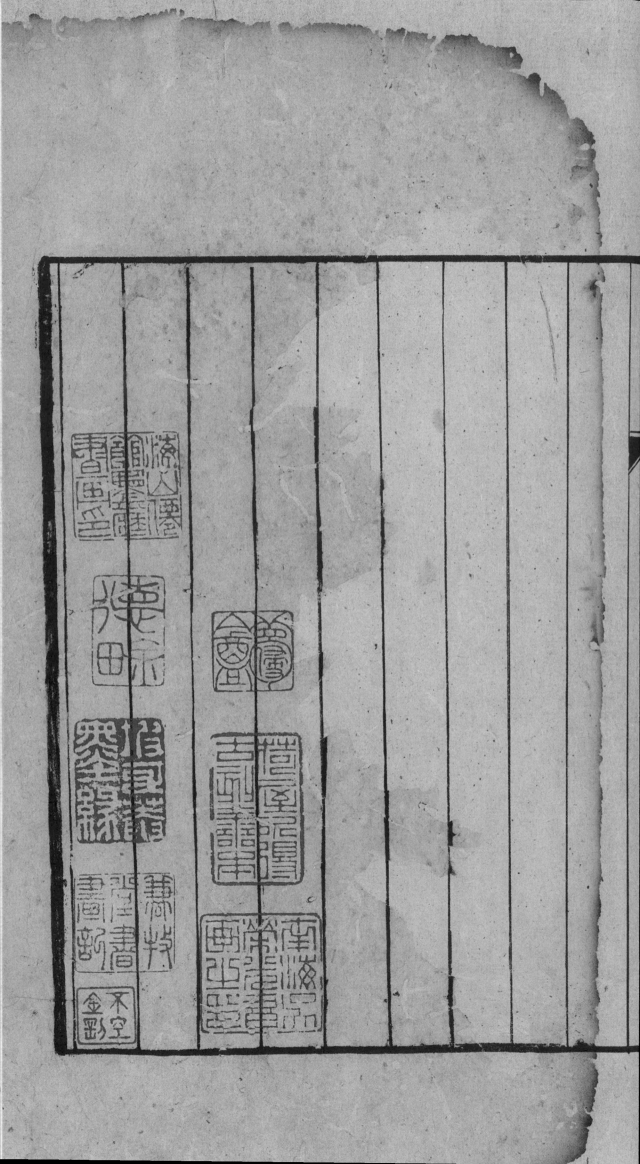